D1705744

Eberhard Martin Schmidt

Impressum:

Verfasser:
Eberhard Martin Schmidt (1926 – 1995)

Herausgeberin:
Eva Maria Schmidt, Weingarten

Herstellung:
Druckerei Stein, Ravensburg

Auflage:
1000 Exemplare

ISBN 3-00-011578-1

ORA

Du bist nur Brunnen in dem Grunde,
den eine nahe Quelle speist!
Du hast nicht selbst aus dir den Geist
Und überbringst nicht eigne Kunde! *(aus ORA)*

Eberhard Martin Schmidt (1926–1995) ist Bildhauer und Maler. Während einer der intensivsten künstlerischen Schaffensperioden entstand gleichzeitig ORA – gewissermaßen nebenher. Analog der Ideen zu Bildern und Plastiken, war diese eigene literarische Form für EMS als fertiger, gültiger Einfall da. Nach der ersten Niederschrift hat der Künstler kaum mehr Korrekturen vorgenommen.

Jede literarische Einheit besteht für sich aus drei Teilen: Die erste Strophe beschreibt die Ausgangssituation und gibt die inhaltliche Richtung an. Sie ist wie der rohe Steinblock, in dem nur für den Bildhauer die Figur bereits deutlich sichtbar ist oder wie der unbemalte Bildgrund, dessen Material und Format im Hinblick auf das Ergebnis gewählt worden ist.

Im mittleren Prosatext zeigen sich all die Emotionen und Einflüsse von Gesellschaft, Natur und geistigen Hintergründen, unter denen sich eine Umwandlung vom Materiellen zur allgemeinen transzendentalen Gültigkeit vollziehen kann. Wie im bildnerischen Schaffen so kristallisiert sich auch auf der literarischen Ebene während dieses Prozesses gültige Form als Ausdruck der Spiritualität heraus.

Die folgende Strophe versinnbildlicht diese zeitlose, spirituell-formale Aussage.

Die Dreiteilung von ORA in „I. Der Strom – II. Die Insel – III. Der Strom" spiegelt diese Gliederung in Materie, Seele und Geist ebenfalls wider: Im ersten Teil „Der Strom" wird der Ist-Zustand unserer menschlichen und gesellschaftlichen Situation thematisiert. Es ist gewissermaßen die Matrix, es sind die Voraussetzungen, die wir antreffen, mit denen wir alltäglich konfrontiert sind.

„Die Insel" entspricht im künstlerischen Schaffen der „Bearbeitungsphase", wo es sich entscheidet, was aus dem Rohblock werden soll, ohne dabei das Ziel, die fertige Figur, das Gesamtkunstwerk, aus dem Auge zu verlieren. Dieser Teil spiegelt die Lebensphase wider, in der jeder Einzelne nach individuellen Lösungen suchen und über-

legen muss, wie er sein Leben gestalten, wie er mit seinen Gegebenheiten, seinen Ideen und den materiellen Möglichkeiten umgehen will,
was am Ende herauskommen soll.

Das Vergängliche, Körperhaftes und Seelisches, ist im dritten Teil
„Der Strom" auf ein anderes, allgemeingültiges, geistiges Niveau
transformiert.

EMS hat in einer kleinen bibliophilen Auflage ORA als Privatdruck
herausgegeben, ohne Namen, ohne Jahreszahl, d. h. ohne irgend
einen persönlichen Hinweis. Da die Lektüre einerseits tiefere
Einblicke in das künstlerische Schaffen von EMS gewährt und ande-
rerseits die in Worte gefassten Inspirationen über die Möglichkeiten
bildnerischer Darstellung hinausgehen, liegt ORA posthum in einer
Neuauflage vor.

Weingarten, im Juni 2003
Eva Maria Schmidt

I.
DER STROM

Das Menschliche wird autonom.
Es gibt und deutet die Gesetze,
es sammelt und verteilt die Schätze,
es baut sich seinen eignen Dom.

Wir sind selbständiger als jemals. Nichts kann rückgängig gemacht werden,
was einmal geistiger Besitz ist.

Durch freie Wahl und Selbstbestimmung in unseren wichtigsten Lebensfragen

haben wir es in der Hand, wie sich das Geschick jedes Einzelnen und aller
Menschen gestaltet.

Das Menschliche wird autonom.
Es führt durch seine Glaubenssätze,
durch Füllen allgemeiner Plätze
die Menschen in den großen Strom.

Was heilig ist bestimmt die Meute.
Die Priester richten sich danach.
Man übernimmt so allgemach,
was im Verständnis liegt von heute.

Als moderne Menschen haben wir einen offenen Blick für die Welt.

Ganz neue Formen des Zusammenlebens und der gegenseitigen Aussprache
müssen gefunden werden.

Pioniere der neuen Weltsicht gehen uns voran. Ehre ihrem Andenken!

Was heilig ist bestimmt die Meute.
Der große Strom wird breit und flach,
wird träg und überdeckt die Schmach
durch Mitbestimmung vieler Leute.

Man betet zu dem eignen Wesen
und hält Gedanken für den Geist.
Was Göttlich, Geistig, Heilig heißt
kann man getrost als Menschlich lesen.

Die Menschheit nähert sich in ihren Anschauungen und Bekenntnissen
immer mehr auf ein Allgemeingültiges hin.

Was wir zutiefst empfinden und erleben, ist allen Menschen gleichermaßen
zu eigen.

Wir erkennen das Weltgesetz um uns und in uns, und wir beugen uns
der Allmacht.

Man betet zu dem eignen Wesen.
Das Psychische den Glauben speist.
Dogma und Bilderdienst erweist
sich als rein menschliches Ermessen.

Gefühle haben keinen Schutz
und lassen sich beliebig stehlen.
Das Volksempfinden läßt sich wählen
als Stütze und Fassadenputz.

Es gibt in jedem Menschen ein urprüngliches Gefühl für das Echte und Gute.

Wir sträuben uns heute gegen jegliche Bevormundung auf diesen Gebieten
und sind uns bewußt,

daß gerade in den intimsten Empfindungen die höchsten menschlichen Werte
liegen können.

Gefühle haben keinen Schutz.
Sie schweifen ziellos und vermählen
geleitet von Reporterseelen
sich unbedacht dem Eigennutz.

Ein jeder setzt das eigne Ich,
um seine Umwelt zu benennen,
um die Ereignisse zu trennen
in angenehm und hinderlich.

Die Erziehung zu selbständig denkenden Menschen ist Aufgabe und Ziel
unserer Kultur.

Selbstverantwortung und Selbstbewußtsein sind die Grundlagen zur freien
Entfaltung aller Kräfte.

Durch unser Können und Wollen wird in positiver Weise der Spruch bestätigt:
Jeder ist sich selbst der Nächste!

Ein jeder setzt das eigne Ich
als Wendepunkt im großen Rennen,
und unter sprunghaftem Erkennen
entpuppt es sich als Wüterich.

Erhaben ist nur noch das Häßliche.
Man zerrt durch Drohung oder Huld,
durch Beichte und Märtyrerkult
die Seelen vor das Unermeßliche.

Wir haben aus der Geschichte gelernt, wie notwendig es ist, daß alle Menschen
zur Einsicht kommen.

Wir müssen das Furchtbare jedem Mitmenschen immer als Mahnung vor
Augen halten.

Jeder muß erkennen, daß er mitschuldig ist am Übel dieser Welt, wenn er
nicht aktiv dagegenarbeitet.

Erhaben ist nur noch das Häßliche.
Durch Kultivierung aller Schuld,
aus Nächstenliebe und Geduld
droht schemenhaft das Unerläßliche.

Die Formel ist schon überall.
Sie bildet die Raketendüse,
sie steht als erste Expertise
bei jeder Kurve, jeder Zahl.

Nun haben wir erst die volle Gewißheit in allen Fragen.
Wir sind ganz nüchtern und nehmen die Dinge, wie sie nun einmal sind.
Manches ist noch unberechnet, aber nichts ist unberechenbar.

Die Formel ist schon überall.
Sie schwebt durch jede Glaubenskrise,
sie trieft durch Psychoanalyse
in jede Lust, in jede Qual.

Biologie formt die Entschlüsse
und setzt den gültigen Akzent.
Sie ist für alles, was man nennt,
die unumgehbare Prämisse.

*Die Ergebnisse der Forschung auf biologischem Gebiet greifen in alle Fragen
unseres Lebens ein.*

*Nichts kann auf die Dauer bestehen, was den biologischen Voraussetzungen
unseres Lebensablaufs widerspricht.*

*Wir haben erkannt, daß Ethik und Moral, Wirtschaft und Politik mit
unsichtbaren Banden an biologische Prozesse geknüpft sind.*

Biologie formt die Entschlüsse.
Was sie verbindet, niemand trennt.
Im Biologischen erkennt
man erst die großen Hindernisse.

Das Weltbild ist rings eingeengt
durch schmale Satellitenbahnen.
Doch diese selbst sind noch mit Fahnen
und Nationalprestige behängt.

Wir sind glücklich über unsere Erfolge und sagen uns, daß uns bald das
ganze Weltall offen steht.

Es ist nur noch eine Frage der Zeit, so werden wir unseren Fuß auf
andere Planeten setzen.

Worüber man bisher nur Vermutungen hatte, das werden wir an Ort und
Stelle erforschen.

Das Weltbild ist rings eingeengt.
Dahinter läßt sich nichts mehr ahnen.
Das Ritual der Raum-Schamanen
hat die Unendlichkeit verdrängt.

Religion ist unumgänglich.
Ein jeder hält, was sich bewährt,
und sich auf seine Art erklärt,
was unfaßbar und unzulänglich.

Wir alle sind einmal so, daß wir einer Zukunft zuleben wollen, auf etwas
hoffen wollen,

sei es eine himmlische Seligkeit, ein irdisches Paradies oder auch ganz einfach
das Fortkommen unserer Familie.

Wer uns die Hoffnung gibt, ist unser Mann! Frei im Denken und Wollen
schließen wir uns ihm an.

Religion ist unumgänglich.
In jeder neuen Zeit bekehrt
ein Prediger das Volk und lehrt,
was glaubhaft wirkt und unverfänglich.

Historien sind Glaubenstrost.
So manchem fleißigen Chronisten
gelang's, sich selbst zu überlisten
durch Geister- oder Hiobspost.

Geschichtliche Tatsachen und die gedanklichen und praktischen Konsequenzen
daraus

ließen unser heutiges politisches und religiöses Weltbild entstehen.

Jeder von uns findet Beweise für seine Einstellung und Haltung in
irgendeinem geschichtlichen Ereignis.

Historien sind Glaubenstrost,
für jeden Juden, jeden Christen
und auch für jeden Kommunisten
verheißungsreiche Seelenkost.

Ein Schriftbeweis ist ohne Sinn.
Er richtet sich bedingterweise
in wiederholbar engem Kreise
nach einem fremden Anbeginn.

*Schriftliche Unterlagen sind erforderlich für unseren Beruf und alle
Unternehmungen.*

Unser Glaube fußt auf Schriften. Literatur beherrscht das Denken der Völker.

*Wir verlassen uns nur auf Schriftliches. Schriftliche Dokumente garantieren
uns die Wahrheit.*

Ein Schriftbeweis ist ohne Sinn.
Er dient dem Eifrigen zum Preise,
der seinem Studium und Fleiße
verdankt den seelischen Gewinn.

Intelligenz kommt kaum zu Ehren.
Es scheint wohl aller Klugen Fluch
ostentativ den offnen Bruch
mit andern Menschen zu erklären.

*Es ist eine altbekannte Tatsache, daß es derjenige nicht leicht hat, der
klüger ist als die anderen.*

*Aber haben wir nicht auch alle die Verpflichtung, unsere Mitmenschen über
Tatsachen aufzuklären?*

*Wir können, gerade wenn wir etwas besser wissen, nicht zu allem und
jedem schweigen.*

Intelligenz kommt kaum zu Ehren.
Man macht jedoch mit einem Buch
zum mindesten noch den Versuch
die andern alle zu belehren.

Meditation ist unrentabel.
Doch folgt man gern dem schönen Trug
in höherem Gedankenflug
durch Konzentrierung auf den Nabel.

Wir alle bewundern die stille Größe exotischer Weisheit und Lebenskunst.
Durch Joga-Übungen und das Studium östlicher Literatur versuchen wir,
die geheime Lebenskraft Asiens in unsere moderne Wesenheit aufzunehmen.

Meditation ist unrentabel.
Doch hat man noch Gewinn genug,
wenn man den fremden Wesenszug
benützt für eine Modefabel.

Schicksal ist stummes Eigenlob.
Man läßt sich durch Bestimmung rühren,
zum Vorteilhaften inspirieren,
ob es sich fein macht oder grob.

Wie es kommen soll, so kommt es. Wir sind in unserem Leben höheren
Mächten ausgesetzt,

gegen die auch der stärkste Wille machtlos ist. Ob in Geschäfts- oder in
Liebesangelegenheiten,

wir können nur den Ereignissen entgegensehn und versuchen, sie günstig
auszuwerten.

Schicksal ist stummes Eigenlob.
Die Menge läßt sich gerne führen,
nach rück- und vorwärts informieren
durch Wochenschau und Horoskop.

Es hofft und wartet jedermann
auf irgendetwas, das sich findet,
auf ein Geschick, das sich verbindet
mit allem, was man wünschen kann.

Man lebt, solange man hofft. Wer auf nichts mehr wartet, ist wie tot.

*Denken wir nicht alle so manches Mal, daß vielleicht heute das Glück
kommen könnte?*

Vielleicht der große Gewinn? Vielleicht die große Liebe, das große Abenteuer?

Es hofft und wartet jedermann.
Doch wer nur auf der Zukunft gründet
hat keine Gegenwart und mündet
enttäuscht stets in die gleiche Bahn.

Die Last des Lebens ist gelindert,
denn die Gesellschaft trägt und heilt,
und auf die Menge wird verteilt,
was sonst den Einzelnen behindert.

Die Verantwortung für das Gesamtwohl bestimmt uns in unserem Denken.

Durch gesellschaftliches Streben sichern und heben wir die Wohlfahrt
des Einzelnen,

und jeder Einzelne von uns leistet seinen Beitrag zur Hebung des Gesamtwohls.

Die Last des Lebens ist gelindert.
Organisiert und eingekeilt,
wo alles drängt, doch keiner eilt,
wird Freud und Leid zugleich gemindert.

Die Krankheit ist der große Schrecken.
Sie stört im sorgenlosen Ruh'n,
sie stört im wirkungsreichen Tun,
sie stört und läßt sich nicht verstecken.

Besteingerichtete Krankenhäuser sorgen heute dafür, daß keiner mehr seinen
Angehörigen zur Last fällt.

Wir alle wissen um die große Tragik körperlichen Leidens und wir können
nur vereint dagegen angehen.

Erschüttert stehen wir aber oft vor dem Unabwendbaren, das so manchen
unter uns um den Gewinn seines Lebens bringt.

Die Krankheit ist der große Schrecken.
Doch hat man viele Mittel nun.
Man ist auch längst schon zu immun,
den Sinn der Krankheit zu entdecken.

Die Todesangst verführt die meisten
an Sterbenden vorbeizugehn,
die Wirklichkeit zu übersehn
und sich Gewohntes nur zu leisten.

Fröhliche unbeschwerte Stunden sind unvergeßliche Erinnerungen für unser
ganzes Leben.

Warum sollen wir uns mit der finsteren Seite des Daseins befassen, die noch
früh genug an uns herantritt?

Ablenkung durch unsere Arbeit und Zerstreuung in unserer Freizeit ist die
beste Medizin.

Die Todesangst verführt die meisten
die Götzen selbst noch anzuflehn,
die jüngst Verstorbenen anzusehn
als die nur momentan Verreisten.

Angst haben auch die Arroganten,
nur geben sie es sich nicht zu,
ihr Innenleben ist tabu,
verschlossen allem Unbekannten.

Man soll nicht immer versuchen, sich gewaltsam mit toternsten Problemen
herumzuschlagen.

Es ist menschlich rücksichtsvoller, wenn man interessante Gespräche über
Alltagsfragen führt.

Von der Nutzlosigkeit jeder Problematik ganz abgesehen! Das Leben fordert
von uns in der Praxis den ganzen Mann.

Angst haben auch die Arroganten.
Sie fliehen sich nur immerzu
und spielen ohne Rast und Ruh
die Manager und Weltgewandten.

Die Masken sind aus Blech und Lack
und sind stereotyp geschaffen
für jeden Anzug oder Affen,
für jeden Aufwand und Geschmack.

Wir werden immer anpassungsfähiger und solider in dem, was wir rings
um uns aufbauen.

Formschöne Verkleidungen befriedigen unsere Ansprüche auf eine
wohltuende Umgebung.

Vielseitige Verwendungsmöglichkeiten und stabile Ausführung garantieren
einen hohen Nutzeffekt.

Die Masken sind aus Blech und Lack.
Sie halten stand dem stärksten Laffen,
sie bleiben hohl im schnellsten Raffen,
ersetzen Titel, Herz und Frack.

Die Lust ein Fahrendes zu lenken
ergreift die Menschen nah und fern.
Was sportlich, flott wirkt und modern,
kann jedem nun die Technik schenken.

Es ist uns heute schon allen ganz selbstverständlich, daß man ein Fahrzeug fährt.

Es dient uns im Beruf, auf der Reise, d. h. wir benützen es eben einfach,
um Zeit zu sparen.

Wir denken heute sachlich. Ein Fahrzeug ist eine praktische Angelegenheit.
Es vereinfacht uns das Leben.

Die Lust ein Fahrendes zu lenken
bemächtigt sich selbst nobler Herrn.
Ein jeder fährt und spürt es gern,
daß andere neidisch an ihn denken.

Erwerbsucht schafft kein Eigentum.
Was man erwirbt, hebt nur die große
Begierde, die der Ruhelose
versteht als Auftrag und als Ruhm.

Gediegener Fleiß und Erwerbsinn sind die Voraussetzung unseres ständig
wachsenden Wohlstands.

Was wir uns selbst erarbeiten, was wir unserer Umsicht und Berechnung
verdanken, das wird zum echten Besitz.

In dieser Sicht unterscheidet sich das Volksvermögen nicht von einem
Privatvermögen.

Erwerbsucht schafft kein Eigentum.
Sie bleibt in immer gleicher Pose,
in heimlicher Metamorphose
vom Fleiß in ein Delirium.

Mühe und Schweiß sind bald verloren
und gegen Nervenlast vertauscht.
Man ist, vom Wirtschaftsdrang berauscht,
dem Mechanismus nur verschworen.

Unsere Arbeitsmethoden werden von Jahr zu Jahr einfacher und bequemer.

Mit immer noch geringerem Kraftaufwand werden noch größere Leistungen
vollbracht.

Sauber und rationell eingerichtete Arbeitsplätze sorgen für flüssiges
Arbeiten und ein angenehmes Betriebsklima.

Mühe und Schweiß sind bald verloren.
Vollautomatisch aufgebauscht
wird der Werktätige belauscht
von tausend feinen Technikohren.

Man lebt im Gleichtakt der Motoren
maschinenmäßig eingepaßt,
und wird zum lebenden Ballast
der Autos, Kranen und Traktoren.

Nur mit Hilfe der Technik sind wir den Anforderungen des heutigen Lebens
noch gewachsen.

Jede technische Verbesserung schafft neue Möglichkeiten für ein freieres
und bequemeres Leben.

Rationalisierung und Lenkung der Arbeitsprozesse ersetzt immer mehr
menschliche Kräfte.

Man lebt im Gleichtakt der Motoren
von Mechanismen eingefaßt.
Der technikgläubige Phantast
ist zum Maschinenteil erkoren.

Man steigert optische Effekte
und schüttet aus die bunte Saat
durch Leuchtreklame und Plakat,
durch Illustrierte und Prospekte.

*Großangelegte Werbung und Information sind zu einem festen Bestandteil
unseres Wirtschaftslebens geworden.*

*Konkurrenzkampf unter den Herstellern, verfeinerter Geschmack beim
Verbraucher bedingen die Werbungsmethoden.*

*Weltanschauliche Rivalität der Parteien und politische Mündigkeit der Bürger
erklären die Bedeutung der Propaganda.*

Man steigert optische Effekte
und übt Beeinflussung der Tat.
Was niemand wünscht und niemand hat,
wird bald das allgemein Entdeckte.

Das Neueste bestimmt den Ton.
Als Neuheit läßt sich vieles deuten.
Rundfunk und Fernsehschirm verbreiten
die frischgebackene Illusion.

In allem immer auf dem Laufenden zu sein, ist unser natürliches Bestreben.

Wir wollen mit dabei sein, wo die Menschheit Neuland betritt, wo das
Unerwartete erscheint:

Eine unbekannte Krankheit! Ein neuentdeckter Filmstar! Der letzte Schrei
aus Paris!

Das Neueste bestimmt den Ton,
so mit Ideen, wie mit Leuten.
Das Neuentdeckte auszubeuten
ist anerkannter Finderlohn.

Man rechnet nur noch in Millionen.
Die Quantität den Wert ersetzt.
Leben und Kraft wird eingeschätzt
nach Kalorien und nach Jonen.

Wir haben eine ganz neue Größenordnung heute, eine ganze andere Spannweite.

Das Größte, das Beste, das Perfekteste ist uns gerade gut genug.

Und noch sind längst nicht alle Möglichkeiten unserer Zeit ausgeschöpft.

Man rechnet nur noch in Millionen
und fühlt sich schon erhoben jetzt,
solange man nach oben hetzt
im Zahlensog der Sensationen.

Um Schönheit ist man längst betrogen.
Vergangene Kultur notiert
man kunstbeflissen und blasiert,
von Snobs und Händlern dreist belogen.

Bewundernd stehen wir immer wieder vor den Zeugen früherer Epochen.
Das Erstaunlichste bleibt jedoch für uns,

wie viel Zeit und Geduld die Alten aufbrachten. Dazu verhalf ihnen nicht
zuletzt ihr beschränkter Gesichtskreis.

Die Umwelt ist heute anders geworden. Wir fühlen uns freier, leichter,
ohne die engen Bindungen.

Um Schönheit ist man längst betrogen.
Man lebt jedoch recht ungeniert,
von jedem Reiz paralysiert,
von keinem Ekel mehr erzogen.

Der Anspruch sinkt ins Primitive
und steigert sich nur im Verbrauch.
Der leere Kopf, der volle Bauch
ergibt die neue Perspektive.

Jährlich wächst auf der gesamten Welt die Erfahrung im Äußeren wie im
Inneren.

Die Völker sind mündig geworden. Der einzelne Mensch weiß, was er will,
und wir sind nun wählerisch.

Der erfahrene und anspruchsvolle Verbraucher wird immer mehr der Typ
unserer Zeit.

Der Anspruch sinkt ins Primitive
und sinkt ins Unbekannte auch.
Gehüllt in Alkohol und Rauch
sieht keiner die entblößte Tiefe.

Es schwindet jedes Risiko.
Die Zukunft liegt im Monatslohne,
ein Film stellt die Gefühlsschablone
für Abenteuer nirgendwo.

Nichts macht glücklicher, als sich vom Heute bestimmen zu lassen.

Es kann eigentlich nichts mehr passieren, weil für alles und jeden gesorgt ist.

Moderne Menschen — in einem modernen, gesicherten Leben!

Es schwindet jedes Risiko.
Man gibt sich keinen Kuß mehr ohne
bewährten Ehe-Cicerone
und sündigt nur inkognito.

Die Stimmungen sind eine Kette
verbunden ohne Resonanz.
Und jede Trauer, jeder Tanz
erhält die gleiche Etikette.

Wir lieben die Zwanglosigkeit. Nur keine Aufmachung und keine
gezwungenen Formen!

Erlaubt ist, was gefällt! So ist am schnellsten der Konnex von Mensch
zu Mensch erreicht.

Wir geben uns der augenblicklichen Stimmung hin und sind überzeugt,
daß so sich jeder leicht einfügt.

Die Stimmungen sind eine Kette
gleichbleibend in Gestalt und Glanz.
Man liebt das leichte Stimulans
der Melodie und Zigarette.

Man lüftet die geheime Zone,
man zieht ans Licht den süßen Drang,
man konstatiert Spiel und Gesang
wie bei der Biene oder Drohne.

Was haben die Leute doch manchmal für Hemmungen und falsche Gefühle.

Heuchelei nennt man Moral. Wir wollen uns da nichts vormachen.

Wir sprechen heute offen über Dinge, die doch ganz natürlich sind.

Man lüftet die geheime Zone,
man diskutiert den inneren Zwang
und quält sich fast ein Leben lang
im Druck der Sexualhormone.

Im tollen Weib erstirbt der Schrei.
Was reizend ist, kann man nicht hassen,
was ziellos ist, läßt sich nicht fassen
im körperhaften Einerlei.

Weibliche Formen und weiblicher Charme durchziehen unser Leben als ein
endloses buntes Band.

Da gilt kein Verdienst, kein Stand und keine Herkunft. Vom Mannequin
zur Großfürstin ist nur ein Schritt.

Wir sehen alle im Weiblichen ein Geheimnis, das entdeckt werden will,
eine Chance zur ganzen Welt.

Im tollen Weib erstirbt der Schrei.
Begehrt von allen und verlassen
irrt sie durch Betten und durch Gassen,
halb Totenkopf, halb Papagei.

Es gibt im Grunde keine Dame.
Nur in dem Traum der Männerwelt
hat sich dies Fabelbild erhellt
als Treibhauspflanze der Reklame.

Gibt es etwas Schöneres für einen Mann, als mit einer allgemeinbewunderten
Dame auszugehen?

Sie ist der lebende Beweis für unseren guten Eindruck, für unsere männliche
Überlegenheit und Kraft.

In der Bestätigung der eigenen Vorzüge und in der Ermunterung zu
glänzendem Erfolg liegt der unwiderstehliche Reiz einer Frau.

Es gibt im Grunde keine Dame.
Das Weibliche ist blaß entstellt.
Liebe und Lebenskraft zerfällt
ins Kindische und ins Infame.

Der Unterschied wird still verneint.
Wenn nun das Tiefe und das Flache
sich völlig gleicht, so ist die Sache
nicht wissenschaftlich streng gemeint.

Man sollte nicht immer so viel Aufhebens machen von der Verschiedenheit
der Rassen und Kulturen,

von dem Unterschied zwischen Mann und Frau. Wir sind doch alle Menschen.

Kameradschaftliches Verhältnis und legere Offenheit beweisen uns, wie
ähnlich wir uns im Grunde alle sind.

Der Unterschied wird still verneint.
Doch grausam wird das Weiblich-Schwache,
wenn der hermaphrodite Drache
in maskuliner Form erscheint.

Das Niedere ist fortschrittsüchtig.
Grundlagen bieten sich schon früh
durch bildende Kleptomanie,
danach zeigt man sich rauh und tüchtig.

Wer ein bißchen klaren Verstand hat und keine Arbeit scheut, dem steht
die Welt offen.

Die Gewißheit von Fortschritt und Aufstieg spornt die Tüchtigen unter uns
immer mehr an.

Man muß nur zeigen, was man hat und kann. Die Technik kann dabei unser
Helfer nach vorn sein.

Das Niedere ist fortschrittsüchtig.
Die Lehre, daß aus einem Vieh
entwickeln kann sich ein Genie,
erscheint noch heute vielen richtig.

Selbstmörderisch sind nur die Reichen.
Sie pflegen ihres Grabs bewußt
im Übermaß der Armen Lust
als autosuggerierte Leichen.

Endlich sind wir so weit. Wir können uns das leisten,
von was wir lange träumten. Wir können mitmachen, mitreden.
Unser Einkommen steigt, das der Arbeiter und der Direktoren.

Selbstmörderisch sind nur die Reichen.
Sie brauen sich ganz unbewußt
das Gift in ihrer eignen Brust
durch Wiederholung stets des Gleichen.

Die Art des Geldes ist Verwandlung
von einem Wert in andern Wert.
Wer mit dem Geld bezahlt, verfährt
in einer zweckbedingten Handlung.

Wer das nötige Geld hat, erreicht alles im Leben, was es auch sein mag.

Es wäre ganz weltfern, dies in blindem Idealismus nicht sehen zu wollen.

Und warum sollen wir nicht möglichst viel Geld verdienen? Man ist sicherer,
wenn man etwas hat.

Die Art des Geldes ist Verwandlung
des Menschen, der sein Gut vermehrt.
Was der Geldsüchtige begehrt,
ist seine und des Werts Verschandlung.

Das Angebot bestimmt den Markt,
und die Nachfrage setzt die Preise.
In periodisch eigner Weise
erlahmt die Wirtschaft und erstarkt.

Haben wir auch genügend Vorrat? Sollten wir nicht
noch verantwortungsvoller wirtschaften in der Sorge um unsere Familie?
Welches Nahrungsmittel erzeugt den Krebs? Welcher Mantelstoff trägt auf?

Das Angebot bestimmt den Markt.
In wesenlos obskurem Kreise
gebietet eine Stimme leise,
wer heute praßt und morgen kargt.

Man trennt die Branchen sehr genau
und protegiert Spezialisten.
Man läßt Natur ihr Dasein fristen
und schwelgt in grellem Städtebau.

Ausgebildete Fachkräfte auf allen Gebieten sind von Jahr zu Jahr mehr gesucht.

Die Notwendigkeit einer Spezialisierung ergibt sich aus dem laufenden
                                        Fortschritt unserer Kultur.

Niemand kann wirklich mehr das Ganze übersehen. Die Zahl der Experten
                                        beherrscht das Feld.

Man trennt die Branchen sehr genau.
Was jener baut, muß der verwüsten,
wenn jene sich zum Kriege rüsten,
stehn diese hinter Drahtverhau.

Einheit besteht nur in der Norm.
Was gültig ist, erhält ihr Siegel.
Sie ist der anerkannte Spiegel
für jede Geste, jede Form.

Gleiche Lebensbedingungen und gleiche Aufstiegsmöglichkeiten für alle Menschen
waren Ziel und Inhalt vieler politischer und kultureller Bestrebungen
der Vergangenheit.
Aber erst heute gelingt es uns, der Einheitlichkeit vieler Menschen konkrete
Formen zu geben.

Einheit besteht nur in der Norm.
Sie gibt den Ton an, hält die Zügel
und schmilzt im sozialen Tiegel
zur dekorierten Uniform.

Die Sicherheiten sind perfekt,
geprüft, erprobt und wohl begründet.
Man ist, was immer sich auch findet,
nach jeder Richtung hin gedeckt.

Alters- und Krankenversorgung sind für uns heute längst zu
Selbstverständlichkeiten geworden.
Aber noch weit über das hinaus läßt sich ja alles, jeder Besitz, jeder
Gegenstand, jeder Körperteil
noch auf eine besondere Weise versichern. Im Privaten wie im Öffentlichen
ist Sicherheit die erste Forderung.

Die Sicherheiten sind perfekt.
Man weiß sich aller Welt verbündet
und wird, im Rampenlicht erblindet,
durch kein Ereignis mehr geweckt.

Verwaltung überzieht das Land.
In festgesetzten Arbeitsstunden
wird eine Kartothek erfunden
für jeden Ort, für jeden Stand.

Wir sind nun einmal auf Stellen angewiesen, die alle öffentlichen Belange
wahrnehmen.

Bei zunehmender Bevölkerung und immer weiter verzweigten Beziehungen
wird Organisation zur Notwendigkeit.

Zivilisation fassen wir auf als Wille zur Ordnung, zum Verwaltungssystem.

Verwaltung überzieht das Land.
An keinen Partner streng gebunden
sucht man sich seine guten Kunden
und wird zur öffentlichen Hand.

Die Korruption ist selbstverständlich,
und jeder rechnet auch damit.
Macht einer nur den ersten Schritt,
zeigt sich der nächste auch erkenntlich.

Wir sind alle recht kurzlebige Geschöpfe und müssen uns, wo es geht,
nach der Decke strecken.

Nichts ist so unberechenbar wie die wirtschaftlichen Zeitläufe. Man muß
sie nützen.

Die Chance, sich zu sanieren, kommt oft nur einmal. Und wo kein Kläger ist,
da ist kein Gericht.

Die Korruption ist selbstverständlich.
Man ist mit seinem Partner quitt,
was üblich ist, macht man auch mit,
was fördernd wirkt, ist auch nicht schändlich.

Empfehlungen sind wirkungsvoll
und lassen sich nach Schema prägen.
Bei ein paar Komplimenten hegen
die strengsten Herren keinen Groll.

Wozu ist man verwandt und bekannt? Ist es nicht ganz natürlich, sich zu helfen?

Gerade bei Bekannten kann man auf Vorzüge hinweisen, die auf persönlicher
Erfahrung fußen.

Eine Hand wäscht die andere! sagten schon die Alten. Solche Gepflogenheiten
sind menschlich berechtigt.

Empfehlungen sind wirkungsvoll.
auf ebenen, gepflegten Wegen
Man zieht mit brüderlichem Segen
durch Protektion zum sichern Wohl.

Betrug ist dunkle Tradition,
geboren aus Versicherungen,
meist unerkannt und oft mißlungen,
vererbt vom Vater auf den Sohn.

Wir sind Menschen des praktischen Lebens und als solche müssen wir mit
Spannungen rechnen,
die durch die gesetzlichen Bestimmungen gegenüber der persönlichen Initiative
entstehen.
Pedanterie wäre hier unangebracht. Wer sich durchsetzt im Existenzkampf,
behält auch recht.

Betrug ist dunkle Tradition,
von Herr und Knecht mit gleichen Zungen
gehüllt in tausend Forderungen
von Arbeitszeit und Stundenlohn.

Die Hoffnung liegt im Sozialen.
Man spürt schon heute den Beginn
von aktivem Gemeinschaftssinn
in Streiks und Delegiertenwahlen.

Es gibt nur noch eine einzige Möglichkeit für unsere Zukunft, nämlich die
Lösung der sozialen Probleme.

Und vor uns allen leuchtet die schönste Aufgabe des Jahrhunderts:

Die große Völkergemeinschaft, die den Frieden und die gerechte Verteilung
aller Güter garantiert.

Die Hoffnung liegt im Sozialen.
Man hofft und wartet weiterhin
und endigt meist ohne Gewinn
verwaltungstechnisch im Banalen.

Die Meinungen sind ohne Kopf
und bilden sich nach Interessen.
Ist die Grimasse auch vergessen,
bleibt hinten doch der alte Zopf.

Was wir glauben, ist unsere private Angelegenheit.

Was wir für richtig halten, sagen wir ganz frei heraus.

Jeder soll seine Ansicht und seinen eigenen Lebensstil entwickeln können.

Die Meinungen sind ohne Kopf.
Scheint auch der Extremist besessen,
kocht er sein bürgerliches Essen
doch auch im allgemeinen Topf.

Man denkt gewissenhaft human.
Nur Menschliches soll Menschen richten.
Kein Mensch darf auf sein Recht verzichten
sich einzuordnen in den Plan.

Wir alle sind berufen, uns auf unsere Menschlichkeit zu besinnen und ihr
zu dienen.

Gerade das Große, Allgemeinmenschliche ist jedem von uns gegenwärtig
und verständlich.

Man muß es nur entwickeln und pflegen und alles Unmenschliche unterdrücken.

Man denkt gewissenhaft human.
Dem überwachten Höherzüchten
folgt Aussortieren und Vernichten
in kollektivem Massenwahn.

Im Eigensten ist man gelehrig.
Es hadert jedes Gremium
auf seinem eignen Podium.
Was man verfolgt, dem ist man hörig.

Wir setzen uns für alles ein, was wir als richtig und nützlich erkannt haben.

Wir stehen in einem freien Wettbewerb der Weltproduktion, aber auch der Weltmeinungen.

Nur so ist es möglich, Verirrungen und Fehlschlüsse auf der ganzen Linie außer Wirkung zu setzen.

Im Eigensten ist man gelehrig.
Man front mit seinem Gegner stumm
stets in dem gleichen Sklaventum
antagonistisch zugehörig.

Ganz hemmungslos ist nur Vernunft,
ganz konsequent ist nur das Sterben.
Der Denkende scheut keine Scherben
und keine Schranken, keine Zunft.

Vernünftiges Denken ist die einzige Basis, auf der wir uns alle treffen können.

Das Leben selbst lehrt uns Vernunft im Denken und Handeln.

Dem objektiven Urteilsvermögen allein wird jeder von uns zuerkennen,
die Welt zu kritisieren und zu ordnen.

Ganz hemmungslos ist nur Vernunft.
Beweisbar ist selbst das Verderben.
Der Philosoph hat tausend Erben
in primitiver Wiederkunft.

Totalitär ist nur ein Teil,
der in sich sammelt die Toteme,
sich anmaßt die Bezugssysteme
und sich erklärt als aller Heil.

Es ist ein inneres Bedürfnis jedes Menschen, sich freiwillig einer großen Sache
anzuschließen.

Wir sind glücklich und zufrieden erst in der Einordnung unter ein großes
umfassendes System.

Was uns zusammenhält, macht uns frei. Was uns die Richtung weist,
hilft uns zu einer klaren Lebenseinstellung.

Totalitär ist nur ein Teil,
der als Tyrann weiht die Extreme,
gefördert rings durch das Bequeme,
pseudodynamisch jedem feil.

Gerecht ist einzig die Revolte.
Gut ist verbunden mit Gefahr.
In letzter Not wird offenbar,
was jeder ist, was jeder sollte.

Es kann einfach einmal ein Punkt erreicht werden, da machen wir alle nicht
mehr mit.
Jeder Mensch weiß zutiefst, wie viel ihm zugemutet werden kann.
Gerade weil wir das Recht lieben, müssen wir ihm so oder so Geltung verschaffen.

Gerecht ist einzig die Revolte.
In ihr ist jede Regung wahr.
Doch das Ergebnis stellt sich dar
als Täuschung, als das Nichtgewollte.

Der Staat verflüchtigt ins Abstrakte,
und niemand kennt sein letztes Ziel.
Was er behauptet, was er will,
fußt einzig nur auf einer Akte.

Der Staat ist in keinem Fall nur eine philosophische Definition, sondern
eine praktische Wirklichkeit.

Wir alle sind durch unsere Arbeit an ihm beteiligt, wir selbst sind der Staat.

Ob wir für oder gegen die Art seiner Verfassung sind, den Staat selbst
müssen wir anerkennen und ihm dienen.

Der Staat verflüchtigt ins Abstrakte.
Ein ganzes Volk ist nicht zu viel,
um aus dämonischem Asyl
ihn herzuziehen ins Kompakte.

Es herrscht die große Anonyme,
und keiner weiß, was ihn bestimmt.
Im Unbewußten jeder schwimmt,
welch hohen Ziels man auch sich rühme.

*Von allen Seiten und mit allen Mitteln sucht man uns zu beeinflussen und
uns zu benützen.*

*Die Parteien, die Konfessionen, Ideologien und Systeme erheben Anspruch
auf unser ganzes Dasein.*

*Aber wir wissen heute um unser Eigenleben und um den Wert des
menschlichen Wirkens, und wir bestimmen uns in allem selbst.*

Es herrscht die große Anonyme.
Man weiß nur, wie man sich benimmt.
Und was sich öffentlich geziemt,
rinnt unaufhaltsam ins Intime.

II.
DIE INSEL

Nun komm herein und laß das Suchen!
Du findest nichts um diese Zeit!
Laß die erregte Dunkelheit
den Gierigen und den Eunuchen!

Die Nacht schweigt, das warme Licht aus dem Innern der Hütte

wirft den Schatten des Fensterkreuzes auf den taunassen Steg.

Der Strom liegt da wie ein großes Tier, als würde kein Fließen sein.

Nun komm herein und laß das Suchen
und halte dich zum Mahl bereit!
Du wirst in heller Heiterkeit
nichts mehr begehren, nichts verfluchen!

Du sollst dich nicht darüber freuen,
daß du dem Strom entronnen bist!
Du wirst mit Kindlichkeit und List
dich wieder einst dem Strome weihen!

Leise erhebt sich der Nachtwind und rauscht in den Uferbäumen.
Zwischen den dunklen Stämmen schimmern silbergraue Schilfspitzen.
Ein Vogel ruft. Das Rauschen der Bäume nimmt den Ruf in sich auf.

Du sollst dich nicht darüber freuen,
daß deine Dirne dich vermißt
und unter Tränen andere küßt!
Du wirst als Gott sie wieder freien!

Du wirst das andre Lachen finden,
das alte Priester zittern läßt!
Du wirst um Mitternacht das Fest
des uferlosen Lebens künden!

Eine Flamme knistert kaum vernehmbar. Aber es ist der einzige Laut
in der kleinen Zelle.

Ein Stern blinkt durchs Fenster. Sein Licht ist kühl, grün und fern,
und doch seltsam hell neben der warmen flackernden Flamme.

Du wirst das andre Lachen finden,
das die Gewaltigen erpreßt!
Du wirst im Wind von Ost und West
den großen Steppenbrand entzünden!

Nun zieh die toten Kleider aus
und laß mich deinen Leib betasten,
und laß, befreit von Sittenlasten,
erkennen uns dies irdisch Haus!

Der Morgen dämmert. Die Umrisse der Bäume und Sträucher werden schärfer.

Nackt und plastisch heben sich dunkle Felsen aus wirrem Gestrüpp.

Die Luft ist lau und voll vom Geruch des Altwassers und der
jungen Haselstauden.

Nun zieh die toten Kleider aus,
daß wir am bloßen Anger rasten,
und ohne Schlemmen, ohne Fasten
uns dehnen in den Wind hinaus!

Den Abstand setz zu jedem Leib,
der dich den ganzen Reiz läßt saugen!
Und tausch den Blick nicht um die Augen
und schütze dich vor keinem Weib!

Ein schleierdünner Morgennebel zieht nieder um die Knie der alten Weiden.
Im Schilf knaaken Enten. Das Plätschern im Wasser, das Schludern
                                                und Flügelschlagen
klingt weithin durch den stillen Morgen. Tautropfen glitzern in den Gräsern.

Den Abstand setz zu jedem Leib,
der dich bewahrt vor Haut und Laugen,
der dich ergreift und nichts läßt taugen
zu Notdurft oder Zeitvertreib!

Verwandle dich an jedem Morgen
in den vor dir erschaffnen Tag,
und laß von jedem Stundenschlag
dir einen neuen Namen borgen!

Im Frühlicht ziehen Wolken über den roten Himmel,

vereinen sich, trennen sich, ohne Hast, ohne Zögern,

und sind nur dem Wind und den ersten Strahlen hingegeben.

Verwandle dich an jedem Morgen!
Laß dich vom wechselnden Ertrag
der Stunde, die just kommen mag,
getrost und ohne Hehl versorgen!

Verleugne dich und deinen Bruder!
Verlaß den Freund, der auf dich zählt!
Nur was uns nicht zusammenhält
ist reine Kindschaft ohne Mutter!

Kraniche ziehen hoch am Himmel hin nach Norden.

Auf dem Dach ruksen Tauben, fliegen auf und kreisen im Schwarm

um den Giebel, daß es in ihren Schwingen wie Lachen klingt.

Verleugne dich und deinen Bruder!
durchdring den Kreis, der dich umstellt!
Der Kahn, in dem du fährst, ist Welt,
und Selbstvergessen ist das Ruder!

Du mußt dein Wissen heimlich sammeln
und ohne Nutzen rings verstreun!
Du mußt dich ganz der Torheit weihn
und deine Weisheit leise stammeln!

Moos steht in hellen Büscheln auf dem niederen Giebel der Hütte.

Als ein goldener Flaum zieht es sich über das dunkle schmale Dach.

Kahl und grau schimmern darunter die alten rissigen Balken.

Du mußt dein Wissen heimlich sammeln!
Du mußt ein offner Kerker sein
und hinter Mauern blaß gedeihn
und hinter Bildern dich verrammeln!

Du mußt zu keimen dann beginnen,
wenn du von allen Hilfen bloß,
wenn nur aus deinem eignen Schoß
die unversiegten Quellen rinnen!

Im Schatten der alten Fichten strecken sich zwischen schwarzen Steinen
die Fächer der Farne.

Zerfranst und mit gespanntem Rücken drängen sich rostbraune Spiralen hervor

wie sich öffnende Fäuste, wie Schnecken aus Meerestiefen, wie Hörner
wilder Schafe.

Du mußt zu keimen dann beginnen,
wenn dir das wandelbare Los
erteilt den großen Gnadenstoß,
und alle Kräfte Raum gewinnen!

Führe die täglichen Gedanken
bis zu dem letzten Widersinn!
Gewöhne dich nur weiterhin
an ihr Versagen, an ihr Schwanken!

Eine Waldrebe hängt mit langen Tauen in den Zweigen einer jungen Fichte.
Bis hoch über den Wipfel wuchern die dünnen Ranken, die haltlosen Stränge
und tasten wie schmale suchende Finger weit ins Leere hinaus.

Führe die täglichen Gedanken
an ihren eignen Urbeginn!
Befreie Auftrag und Gewinn
von raum- und zeitbedingten Schranken!

Du wirst an keine Wunder glauben,
weil alles nun im Wunder bleibt
und gegen jenen Sinn sich sträubt,
der das Empfangene will rauben!

Ein Baumstamm liegt über dem Weg. Die hellen Ränder der aufgerissenen Rinde
leuchten im Dämmergrün. Ein dunkler Falter gaukelt darüber hin,
läßt sich auf einer blauschimmernden Harzkruste nieder wie auf einer Blüte.

Du wirst an keine Wunder glauben,
wenn kein Gesetz dich mehr vertreibt
und das Gegebene entleibt
im Reich der Blinden und der Tauben!

Betrachte Herz, Verstand und Wesen
als eine lebensfremde Macht,
die mit dir trauert, mit dir lacht,
vereint im Guten wie im Bösen!

In dem niederen Eichengestrüpp hängen vereinzelt noch vorjährige Blätter,

dünne blaßbraune Hüllen, eingerollt, zerschlissen und gekrümmt,

zwischen dichtem grünem Laub und dunkelglänzenden Zweigen.

Betrachte Herz, Verstand und Wesen
wie eine Unterkunft bei Nacht,
in der ein treuer Diener wacht,
um dich vom Irrtum zu erlösen.

Du kannst das Leben nicht erproben!
Du lebst vom ersten Augenblick
bis in dein tägliches Geschick
und bist des Lebens nie enthoben!

Unterm Ufersteg zieht ein Schwarm kleiner glitzernder Fische hindurch,

sie heben sich, senken sich in den leichten Wellen und schwenken ruckartig ab.

Wie eine dunkle Wolke gleiten sie über den Grund und blitzen im Wenden

noch einmal auf.

Du kannst das Leben nicht erproben!
Es wirft im Unglück oder Glück
dich stets nur auf dich selbst zurück!
Ins Gültige bist du verwoben!

Achte auf keines Menschen Ehre!
Erhalte frei in dir den Schwung
zu treffender Beleidigung!
Stell dich dem Frommen in die Quere!

Eine Wolkenwand liegt blaßviolett wie ein ferner Bergzug über dem Waldkamm.

Ihr schmaler rosiger Randstreifen ist ein wellig geschwungener Saum,

eine erhöhte Wiederholung der Horizontlinie, eine leuchtende Grenze
des Himmels.

Achte auf keines Menschen Ehre
und scheue keine Folgerung!
Verweise immer Alt und Jung
auf ihre selbstbekannte Lehre!

Nimm auf dich Mühe und Gestank!
Hab auch kein Mitleid, kein Erbarmen!
Mißacht die Kranken und die Armen!
Sei selber arm! Sei selber krank!

Um einen hohen steifen Grashalm schnürt sich eine schlanke Winde.

Ihre blassen Blütentrichter sind alle in eine Richtung gewendet

wie Kindergesichter am Fenster, wie Wünsche ferner Gefangener.

Nimm auf dich Mühe und Gestank
und laß die Hoffnung nie erwarmen!
Empfang mit Ohren, Augen, Armen
Verachtung und Verlust als Dank!

Du kannst die Lebenskraft nicht schonen,
sonst löscht du nur der Liebe Brand!
Verlasse das gelobte Land,
so wirst du allzeit sicher wohnen!

Es ist schon kühl. Aber in den Brettern der Hüttenwand knistert noch die
Sonnenwärme.

Man meint, ein kaum merkliches Zittern zu spüren, das über die Ritzen
und Astlöcher läuft

und in den schwieligen Rillen und welligen Profilen der Maserung erstarrt.

Du kannst die Lebenskraft nicht schonen,
sonst nimmt die Habsucht überhand!
Das Leben wird dich unverwandt
mit immer neuer Kraft entlohnen!

Vergiß die Maße und die Namen!
Behalt im Auge die Kontur!
Bleib allen Dingen auf der Spur
und mische dich in ihren Samen!

Im Ufernebel stehen Weiden wie mächtige graue Riesen.

Kleine Vögel schlüpfen, sich zurufend, behend von Zweig zu Zweig,

wippen durch den Nebel wie auf unsichtbaren Schaukeln zum nächsten Baum.

Vergiß die Maße und die Namen!
Verlaß dich auf die Hülle nur!
Begreife ziellos die Natur
als ein Gefäß, als einen Rahmen!

79

Beharre fest auf allen Strafen
und gib der Seelenqual kein Recht!
Sei nicht der Überlegung Knecht
und hab mit Gnade nichts zu schaffen!

Gelbe Abendwolken spiegeln sich in den trägen braunen Wellen

und überziehen den ganzen Strom mit einem ruhig rieselnden Pantherfell.

Starr steht davor das Ornament der dunklen Gitterstäbe des Schilfs.

Beharre fest auf allen Strafen!
Die Strafe macht die Tat nicht schlecht,
sie rückt die Werte nur zurecht
im jähen Auseinanderklaffen!

Du mußt durch Blut und Asche sehn
und durch den Dunst der Peitschenhiebe!
Du mußt durch Räuber und durch Diebe
gehöhnt mit leeren Händen gehn!

Ein Gewitter geht nieder. Die Wellen schäumen und werfen Gischt ans Ufer,
rollen heran und zurück, durchschneiden sich, übersteigen sich
und spritzen hinauf an die schlanken hängenden Zweige der grauen Weiden.

Du mußt durch Blut und Asche sehn!
Du mußt, zerrieben im Getriebe
und ganz befreit von Bruderliebe,
in deinem Henker auferstehn!

Du mußt durch dunkle Nächte ziehn
und dürre Hölzer unterlaufen,
mit deinem Schweiß die Blüten taufen
und selbst aus tiefen Wunden blühn!

Die Dämmerung weitet den kleinen Raum in der Hütte zum tiefen Saal.
Kein Licht flackert auf. Der Wein im Glas glänzt wie schwarzer Achat.
Bleich wie eine müde Hand schimmert der helle Anschnitt des Brotes.

Du mußt durch dunkle Nächte ziehn,
mit Schatten und mit Nackten raufen,
Aus Tümpeln und Zisternen saufen
und vor Verfemten niederknien!

Du mußt den Tod des Freunds nicht achten,
dann findest du auch deinen Tod
und ißt ihn wie dein täglich Brot,
wenn dich die Cherubim umnachten!

Der Mond geht über fernen Hügeln auf, einsam und groß wie eine Torlaterne.

Leer und überweit gedehnt liegt die Uferböschung in seinem blassen Licht.

Darüber geht der schwarze Schatten einer schlanken Pappel wie ein Graben.

Du mußt den Tod des Freunds nicht achten!
Die Körper fallen aus der Not
in ein erneutes Aufgebot,
das uns die Taumelnden vermachten!

Du kannst kein Menschenfreund mehr sein!
Du mußt dich bald daran gewöhnen,
daß alle Klugen dich verhöhnen,
daß du verdammt bist und allein!

Ein Käuzchen ruft vor dem Fenster. Ist es nah? Ist es weit? Oder wechselt
es nur immer den Ort?

Aber wie sein Schatten am Fenster vorbeiwischt, kommt sein Ruf aus
weiter Ferne,
hohl und ohne Echo und doch wie von allen Seiten.

Du kannst kein Menschenfreund mehr sein!
Du mußt dich mit dir selbst versöhnen,
in hellem Wachsein ohne Stöhnen
umschließen deine tiefste Pein!

Sag Liebenden kein freies Wort!
Laß sie allein ins Dunkel wanken!
Sei auch nicht um sie in Gedanken
und meide ihren stillen Ort!

Die bleiche Scheibe des Mondes lugt durch breite schwarze Äste.

Es wispert und flüstert im Schilf. Ein Schauer läuft durch die Sträucher,

fächelt über die Stirn und spielt im Haar. Im nahen Wasser gluckst es.

Sag Liebenden kein freies Wort!
Errichte selbst die festen Schranken!
Und wenn sie dir für manches danken,
so stehle dich von ihnen fort!

Trenne die Lämmer von den Hirten
und laß sie ganz verloren sein!
Dann geh in ihre Ängste ein
und laß mit Mangel dich bewirten!

Zwei große Tieraugen schimmern aus dem Dunkel, sanft und ein wenig scheu,
als würden sie nach etwas ganz Nahem blicken, das nicht da ist —
und dann glänzen matt dahinter noch viele Augen und blicken aus dem Dunkel.

Trenne die Lämmer von den Hirten
und gib dich ganz in ihre Pein,
und laß sie dich, verwaist und klein,
mit ihrer schwachen Kraft umgürten!

Hüll dich in deine Nacktheit ein,
dann birgst du heimlich alle Welten!
Lenk auf dich Drohen, Fluchen, Schelten,
dann kehrt die Menschheit bei dir ein!

Ein warmer Regen sinkt aus niederen Wolken und läßt die Zweige triefen.
Tief neigen sich die regenschweren Blüten und wiegen leise auf ihren Stengeln.
Große klare Tropfen rollen aus den Kelchen hin über den dunklen Grund.

Hüll dich in deine Nacktheit ein!
Erwähle nicht, was groß und selten!
Laß den Gehorsam alles gelten,
dann ist gehorsam alles dein!

Tu nichts um einer Sache willen,
auf der das Wohl der Menschen fußt!
Und diene nur der großen Lust
und laß dich ganz von ihr erfüllen!

Auf dem bauchigen Krug in der Mitte des Tisches spiegelt sich das Fenster.
Wie eine überlegen aufgeworfene Lippe buchtet sich der Randwulst

zur Schnauze aus.

Breit und griffig hält sich der runde Henkel der Hand hin.

Tu nichts um einer Sache willen!
Sei dir des Freudigen bewußt!
Laß nicht durch Vorteil und Verlust
die wahren Werke dir verhüllen!

Nimm nur vom Armen eine Gabe
und bitte nicht dein eigen Blut!
Beweise Herz und guten Mut
bei einer unverdienten Habe!

Über eine Ecke des schmalen Fensters hat eine Spinne ihr Netz gespannt.
Kleine Mücken hängen darin. Die Spinne rückt hierin und dahin,
betastet alles, gleitet über das ganze Netz und ist wieder verschwunden.

Nimm nur vom Armen eine Gabe!
Begib dich frei in seine Hut!
Was dir verwehrt bei großem Gut,
wird dir gewährt am Bettelstabe!

Du kannst die Freiheit nicht begehren,
du festigst nur der andern Haft
und findest, was Natur erschafft,
um dich Notwendigkeit zu lehren!

Ein Wind kommt auf. Man nimmt kaum wahr, woher er weht.
Man sieht nur das leichte Neigen der Gräser, das Winken der Blätter,
und man spürt auf der Haut den frischen Hauch — und da hört man sein Sausen.

Du kannst die Freiheit nicht begehren!
Die Freiheit kommt aus eigner Kraft
und nimmt dich, wo sie dich errafft!
Du kannst dich ihrer nicht erwehren!

Behalte in dir keine Kräfte
und schütte dich nur völlig aus!
Vergeude dich in Saus und Braus!
Verschwende Fleisch und Lebenssäfte!

Wolken türmen sich auf, schieben sich übereinander und ballen sich höher,

wechselnde Gebilde aus schneeweißen Armen, runden Nasen und

weichen Schleppen

vor fernem, immer gleichbleibendem, tiefschimmerndem Blau.

Behalte in dir keine Kräfte
und sprenge dein Gedankenhaus!
Geh aus den Grenzen weit hinaus
der Sinnenwelt und der Geschäfte!

Laß dir in allem deinen Willen
und halte dir erst selber stand!
Und lasse dich bis an den Rand
von deiner eignen Glut erfüllen!

Zwei Bussarde kreisen am Himmel. Hell klingt ihr Katzenschrei durch die Luft.

Mit regungslos weit gespannten Schwingen ziehen sie höher und höher.

Immer ferner tönt ihr Schrei. Dann schweben sie schräg über den Hochwald
hinweg.

Laß dir in allem deinen Willen!
Gib dich in deine eigne Hand
und laß in loderhellem Brand
dein innerstes Verlangen stillen!

Such nicht den Frieden dieser Welt,
sonst kommt die Angst ihn zu verlieren,
und du mußt jeden Freund verführen,
der sich dir frei entgegenstellt!

Die Sonne brennt vom wolkenlosen stillen Himmel nieder.
Gräser und blanke Blätter gleißen im zitternden Gegenlicht.
Die Vögel sind ringsum verstummt und huschen durch blaugrüne Schatten.

Such nicht den Frieden dieser Welt!
Wo sich die Liebenden berühren
ist Aufruhr, und mit Eifer schüren
sie jenen Brand, der uns erhält!

Du findest dich im Weitersteigen
als aller Dinge Widerschein!
Wo du verweilst, ist fremdes Sein!
Was du durchwanderst, ist dein eigen!

Wo die Strömung am Strand nagt, liegen glatte runde Steine.

Über ihre spiegelnden Flächen ziehen sich starre Linien, verwaschene
Schattierungen,
Adern und zarte Farbflecken wie Schriftzeichen einer längst
vergessenen Geschichte.

Du findest dich im Weitersteigen
zuletzt vor deinem Ursprung ein!
Wo du vorbeigehst, fern und rein,
wird sich sogleich dein Antlitz zeigen!

Suche im Geben nur den Spender!
Empfänger gibt es überall
für jede Gabe, jede Zahl,
gehüllt in vielerlei Gewänder!

Am Stamm eines wilden Kirschbaums hinauf führt eine Ameisenstraße.
Zwei dünne Ketten kleiner, glänzender Tierleiber begegnen sich,
überschneiden sich, stocken, brechen ab, und ziehen wieder in langer Reihe weiter.

Suche im Geben nur den Spender
und kümmre dich nicht um die Wahl!
Das Stoffliche geht viele Mal
im Opfergang durch alle Länder!

Durchschwimme alle Liebeswogen,
die nicht aus deinem Herzen gehn!
Laß dich nicht tragen und nicht drehn,
eh du zur Wanderschaft erzogen!

Im hohen Riedgras schillert silbergrau der glatte Schuppenleib einer Natter.

Für einen Augenblick steht der Kopf mit dem gelben Halbmond starr
                                        über den weichen Gräsern.

Dann zeigt nur noch das leise Zittern und Wiegen der langen Halme ihren Weg.

Durchschwimme alle Liebeswogen,
die freundlich dir entgegenwehn!
Und kehr zu scheuem Wiedersehn
den schmalen Pfad zurück im Bogen!

Nimm dem Bedürftigen sein Gut
und schenke es dem Übervollen!
Dämpfe den Stillen! Reiz den Tollen!
Ermuntere den Übermut!

In der Bucht zwischen graugelbem Gischt fängt sich das Treibgut des Stroms,

schwarzes nacktes Geäst, faulende Algenbärte, Schlamm, Binsen und Unrat.

Runde Schaumlöcher glotzen wie Augen aus dem nassen Gewirr.

Nimm dem Bedürftigen sein Gut!
Dem Ängstlichen nimm auch sein Wollen!
Dem Zeugenden gib deinen Pollen!
Dem Mordenden vergieß dein Blut!

Locke die kindlichen Gemüter
von allen Straßen in dein Haus!
Bereite frisch den großen Schmaus!
Verprasse lächelnd deine Güter!

Hinter der Hütte an der sonnigen Böschung stehen große Disteln.

Bläulich silbern glänzen ihre harten, gezahnten Blätter.

Von ihren violetten Blütenrändern nippen kleine braune Schmetterlinge.

Locke die kindlichen Gemüter
ins Uferlose weit hinaus!
Dann werfe deine Netze aus
und rüste dich als Blindenhüter!

Du kannst die Wahrheit nicht beweisen,
du triffst nur die Wahrscheinlichkeit!
Das Wirkliche ist ohne Zeit
und muß nicht wie der Schlußsatz heißen!

Bei einem Baumstrunk in der seichten stillen Bucht steht ein Reiher.

Unbeweglich verharrt er zwischen den leise schwankenden Binsen und äugt
ins grüne Wasser.

Eine Wollgrasflocke schwebt über ihn hin, liegt für einen Augenblick auf
seinem Rückengefieder.

Du kannst die Wahrheit nicht beweisen,
was nah ist, ist zugleich auch weit!
Und selbst im schärfsten Widerstreit
wirst du um ihre Achse kreisen!

Nimm jede Wahrheit als die letzte
und richte dich nach ihrem Kern!
Die Wahrheit bleibt den Zeiten fern,
das immerdar Uneingeschätzte!

Als ein langes glänzendes Band spiegelt sich die Sonne im Strom.
Wo man auch verweilt im Wandern den schmalen Uferweg entlang,
immer steht die glitzernde Bahn geradewegs auf einen zu.

Nimm jede Wahrheit als die letzte
und folge ihrem Gleiten gern!
Die Wahrheit ist ein Wanderstern,
das Tiefste, niemals Festgesetzte!

Sei auch im Dunkel noch ganz wach
und suche nicht die helle Stunde!
Vertraue nicht auf das Gesunde!
Du bist der Kranke! Du bist schwach!

Flammend rote Abendwolken ziehen über den ganzen Himmel auf die Sonne zu,
wie Speichen an einem großen Rad alle zur Nabe stehn.
Weich und verschwommen stehen davor wie grauer Rauch die Weiden.

Sei auch im Dunkel noch ganz wach!
Durchwandre die vertraute Runde!
Du bist mit Größeren im Bunde,
sie suchen dich und ziehn dir nach!

Du bist nur Brunnen in dem Grunde,
den eine nahe Quelle speist!
Du hast nicht selbst aus dir den Geist
und überbringst nicht eigne Kunde!

*Nachtschwalben surren über dem dunklen Weg zwischen Röhricht
und Buschwald.*

Noch glimmt tief im Westen ein schmaler roter Streifen am Himmel

wie eine Rinne voll Blut, wie ein ausgegossener Rest vom Leuchten des Tages.

Du bist nur Brunnen in dem Grunde!
Du kündest, was du selbst nicht weißt!
Du bist der Sinn, der Antwort heißt,
der Mund, die immer offne Wunde!

Du wirst den Geist niemals verstehen!
Sei zur Beschwörung nicht gewillt!
Sei du nur selbst vom Geist erfüllt,
das ist viel mehr als Geistersehen!

Die Nacht liegt wie ein schwarzes Tuch um die Sträucher, den Strand
und die Gespräche.

Man schaut in den Wald wie in eine endlose Tiefe, so dunkel ist er.

Ein Windstoß bringt den Geruch von feuchtem Gras und das Rauschen
ferner Wasser.

Du wirst den Geist niemals verstehen!
Er ist in alles eingehüllt!
Aus ihm allein das Ganze quillt
in wechselndem Hinübergehen!

Nun geh in dieser Ganzheit auf
und gib dich allem Volk zu eigen!
Verliere dich im großen Reigen,
und laß den Dingen ihren Lauf!

Kein Stern blinkt über dem Strom. Das Dunkel saugt alle Gestalt hinweg.

Es ist die Stunde, in der die Ereignisse ringsum versinken,

in der selbst die Geräusche der Nacht sich alle zu gleichen scheinen.

Nun geh in dieser Ganzheit auf
und münde in das letzte Schweigen,
daß du in stetem Niederneigen
die dunklen Wächter führst zuhauf!

III.
DER STROM

Es geht nur Einer durch das Tor,
und alle Menschen sind der Eine.
Verwandelt kommt er in das Seine
und tritt aus jedem selbst hervor.

Von allem ausströmend trifft es in der Wirkung das Ferne.
Mit allem bleibt es vereint, vollkommen verströmt in ein Einzelnes.
Die Körper sind da durch seine ausströmende Unfaßbarkeit.

Es geht nur Einer durch das Tor,
der Unverstandene, der Reine,
der Anspruchslose, der alleine
sich selbst erhebt zu sich empor.

Erwacht in vorgezognen Kreisen
erhebt sich neu das Menschenbild.
In fremde Namen noch gehüllt
kann niemand nach sich selber heißen.

Die Leere der Dinge weist aus sich her an die weichende Schicht.
Getragen vom immer noch weiter Umstellten bleibt alles erhalten,
gedrängt an das Außen, das Unvorgedachte, an die Person.

Erwacht in vorgezognen Kreisen
bleibt keine Sehnsucht ungestillt.
Im Übertragen ausgefüllt
vollführen sich die Wanderweisen.

Die Maske bildet die Person.
Dahinter ist nur Seelenbreite,
berechenbar nach jeder Seite,
Anatomie und Relation.

Verspannt ohne Körper und Alter ist es auf den Wesen nur Oberfläche,

selbst formlos, doch Sinn jeder Form, allgegenwärtig in Formen.

Es liegen an ihm alle Dinge innen und außen an.

Die Maske bildet die Person.
Sie ist die Grenze, das Bereite,
das Spiegelblatt, die leere Weite,
das Resonanzfeld für den Ton.

Es wächst das Individuelle
zur tätigen Pluralität.
Erhaben über das Gerät
wird es zur ungebornen Zelle.

Nichts läßt sich im Liebenden fordern, die Kräfte sind alle im Ziel.
Sich Wandelndes findet den eigenen Aufruf zum Unwandelbaren,
um keinen Namen bekümmert, in sein eigenes Kommen versenkt.

Es wächst das Individuelle
zur Kraft, die an die Grenzen geht
und im Geschlossenen besteht
an jeder neuen Daseinsschwelle.

In das Bewußtsein einbezogen
durchdringt die Macht sich bis zum Rand
und ist im wandernden Bestand
ins Richtungslose ausgewogen.

Am Weitergegebenen wächst die Umfassung zum eigenen Los.
Unwägbare Kräfte sind leichter, wo alle Gewalten sich mischen.
Im geschlossenen Kreis ist das Tödliche Heilung vom Drang in den Tod.

In das Bewußtsein einbezogen
löst sich die Grenze von dem Land.
Es wird durch jede offene Hand
das Formbereite angesogen.

Er kommt, dem Kosmos eingehaucht,
der jeden in sich trägt, der Große,
der Liebende, der Staatenlose,
der kein Gesetz zum Leben braucht.

Was nur im Ganzen ist, wird ohne Körper vorgezeichnet in den Irrungen.
Das Sanfte, Allbereite wird zur größten Macht im Unabänderlichen,
und ohne Ende ist im vorgefaßten Tod des Einzelnen die volle Wiederkehr.

Er kommt, dem Kosmos eingehaucht,
der Überzählige, der Bloße,
der ohne blendende Narkose
im großen Fallen untertaucht.

Der Ausgeteilte ist bereit.
Er stirbt und überträgt den Segen
dem Volk auf heimatlosen Wegen,
das sich erkennt vor seiner Zeit.

Unwiderstehlich und leise, stetig und ohne Genüge,
in allem das Werden, geheim auch im offenen Austrag der Kräfte,
wenn das Ereignis dem Sinn entgleitet, der eigene Hergang.

Der Ausgeteilte ist bereit.
Nah im allseitigen Bewegen
zieht er das technische Vermögen
in seines Wirkens Lauterkeit.

Zeitlosigkeit erfüllt den Plan.
Es fließen stetig die Erwachten
in die ersehnten Massenschlachten
wie Ströme in den Ozean.

Im Leiden findet das Bewußtsein Eingang in die große Tiefe
und sinkt durch dunkle, unbenennbar dichte Regionen in das Gültige.
Wo alles schweigt, stehn auch die Unberührten in der Leidenssphäre.

Zeitlosigkeit erfüllt den Plan.
Im Gleichgewicht des Hergebrachten
entfallen die Sterilgemachten
auf die Potenz des Urian.

Es wird ein Anderer verstehn,
vor was sich die Betroffnen winden,
an das die Schweigenden sich binden,
um im Gericht nicht zu vergehn.

Von allen Seiten dringt das Einzige auf sich
und legt die Richtung seines Tuns auf jede Welle.
Verbunden mit dem Grund erscheint das Visionäre.

Es wird ein Anderer verstehn,
was jetzt die Stammelnden verkünden,
an was die Fackeln sich entzünden
in traumhaftem Vorüberwehn.

Im Grauen wird die Zeit befreit.
Es dringt herauf die große Tiefe,
die geisterfüllte Kollektive,
die ausgewirkte Dinglichkeit.

Vom Sinn erhoben wird das Unrechtmäßige zur Macht.
Geleitet und zuerst genannt von tausend Unbarmherzigkeiten
muß auch der Traum dem rings verteilten Leben Richtung sein.

Im Grauen wird die Zeit befreit,
erfüllt vom Drang der Offensive,
die alles Zeitliche und Schiefe
erhebt in ihre Sicherheit.

Im Tiefpunkt gründet das Genie.
Sein Dasein schon bestimmt die Herde
und dehnt sich weiter um die Erde
im Wechselsang der Industrie.

Von Seinem genommen wird es in den schweigenden Dingen das Nächste.
Gerade im Unfaßbaren ist völlige Wahrheit der Gegenwart.
Durch das Kleinste geht seine Macht in die Größe der Welten ein.

Im Tiefpunkt gründet das Genie,
nimmt aus der Mitte sich das Werde
und tritt mit zwingender Gebärde
hinaus an die Peripherie.

Das Ebenbild wird zum Erschaffen
der vorgestellten Eigenheit.
Aus raumgebundnem Widerstreit
entstehen Werkzeuge und Waffen.

In schöpferischer Ruhe fließt es aus sich fort

zu vorbildlosem Allbereich des Wandelbaren

und löst vom Zwang passiver Ruhelosigkeit.

Das Ebenbild wird zum Erschaffen
in den Bedingungen der Zeit.
Der Schaffende ist stets bereit
den Inhalt fertig zu erraffen.

Sieben und Zwölf erwacht in Zehn.
Es rüstet sich durch das Banale
das ausgewogene Astrale
zu einem dritten Wiedersehn.

Ins Eingenommene sinkt jede Größe nieder,

erregt die Antwort auf das Maß des Unbekannten

und richtet in der Überschneidung das Gewollte.

Sieben und Zwölf erwacht in Zehn.
Der Töpfer siehts, und nennt sie alle
und sieht die Engel der Metalle
beherrschend überm Feuer stehn.

Die Wissenschaft wird wundersam.
Sie kreist zurück im ersten Bangen
und wird verdichtet hingelangen
an den schon aufgewachsnen Stamm.

Vom Angerührten treibt der Strahl in das Ermessen
und sinkt noch unbelastet in die Schau des Offenen.
Das Vorgeplante unterliegt dem Mühelosen.

Die Wissenschaft wird wundersam
und wird zuletzt am Wandel hangen
des Raums, und wird in sich empfangen
den zeitlos dunklen Bräutigam.

Das Weltbild wird begrenzt und rund.
Es bietet sich in Strahlengarben
und sinkt durchs Medium der Farben
zurück auf seinen Hintergrund.

Im Einbeschlossensein aller Körper und Kräfte des endlichen Kreises

liegen Berührung und Sinn des Körperlosen.

In der Grenze selbst ist Bewegung und Austausch unendlichen Wesens.

Das Weltbild wird begrenzt und rund.
Wo Wertungen im Maß erstarben,
behauptet über frischen Narben
sich der im Blick beschlossne Bund.

Vorbei an lärmenden Prozessen
dringt das Bewußtsein an die Haut
und wird im unfaßbaren Laut
befreit von eigenem Ermessen.

Gleich im Vertausch liegt das grelle Ereignis auf jeder Eröffnung
und löst die verharrenden Sinne vom Wohlsein und stumpfen Erinnern.
Aus leiser Verflachung entführt zuletzt nur der lauteste Tod.

Vorbei an lärmenden Prozessen
zieht alles, was schon vorgebaut,
wo sich das Losgelöste staut
an Schloten, Gruben und an Essen.

Es öffnet sich der Sinn der Serie
und hebt sich auf im freien Fluß,
und jede Wiederholung muß
hinüberziehn in die Mysterie.

Nur in dem blutenden Aufgang gerinnt die Umkreisung zum Kreis.
Von wechselnden Kräften getragen wird Gleiches zum Überbestimmten,
so geht auch das Ganze zum Einen in seiner Gestalt.

Es öffnet sich der Sinn der Serie
jenseits Bedarf und Überdruß.
Gleichheit ist Anfang oder Schluß
in der Verklärung der Materie.

Im abgeschlossnen Weiterpflanzen
erwidert sich nun selbst die Flut.
Der neu das Immergleiche tut,
erkennt sich in der Kraft des Ganzen.

Rund in sich selbst gelegt beugt sich der Bogen. Bewegung ist Widerhall.

Alle Vergessenen finden ihr erstes Lied. Lächelnde träumen sich.

Über den weiten Kranz gleiten die Offenen. Körper erwachen.

Im abgeschlossnen Weiterpflanzen
ermächtigt sich der erste Mut,
der Klang wird rein, und alles ruht
im höher ausgeströmten Tanzen.

Die Industrie wird auch zum Tanz
gedreht durch Räder und durch Scheiben.
In stetem Aneinanderreiben
erhellt sich erst der reine Glanz.

Aus immer breiteren Berührungen erhebt die Konsequenz ihr Recht.
Wo nichts mehr in sich ist, stößt alles nur auf Ränder
und sammelt Kräfte auf die weitere Umspannung kreisender Potenzen.

Die Industrie wird auch zum Tanz.
Er wächst in schwindelndem Entleiben
und wird durch die Fabriken treiben
die Spiele seiner Ignoranz.

Das Menschliche wird Überwissen
und mündet in die reine Zahl.
Die Ordnung klärt sich ohne Wahl
in Differentialergüssen.

Erwartung des Äußersten ist schon Erfüllung und wartet auf nichts.

Anfang und Ende bestimmt, was über die Zeiten regiert.

Im Schauen der Grenze gewinnt die Gestalt den durchdringenden Zauber.

Das Menschliche wird Überwissen.
Erzeugt durch den gebrochnen Strahl
berührt es sich zum dritten Mal
fußend auf unbewußten Schlüssen.

Das Unverstandene lebt weiter
als unerstürmbar freie Pfalz,
als Keim, als unverdünntes Salz,
als linientreuer Wegbereiter.

Von seinen eigenen Ergebnissen umlagert
liegt es sich selber brach. Im Steilen, Festgelegten
bedarf es nur der nachgezognen Analyse.

Das Unverstandene lebt weiter
im Schoße jedes neuen Falls
und wird als Joch auf starrem Hals
zum unabwendbaren Begleiter.

Gedrängt in äußere Bereiche
kehrt die Bestimmung nicht zurück
und trägt vom ersten Augenblick
dorthin die inneren Gebräuche.

Die Güte verbirgt, daß sich in dem Treffen das Stärkere schneidet.
Der Einzige fällt und gibt der Natur die Gestalt seiner Reife.
Er weiß seine Zeit, die Sünde zu geben, von der er nicht hat.

Gedrängt in äußere Bereiche
verliert sich jedes Mißgeschick.
Verlöschend weist das letzte Glück
ins Unbekannte, Immergleiche.

Die Freiheit kommt im Widerhall
der offenen Realitäten,
im Auferstehn des Ausgesäten,
in kühner Antwort auf das All.

Nie entstanden, doch bleibend, ohne Anfang und ohne Folge nur Austrag

ist es im Zug der Ereignisse in allen Geschöpfen das Nichtsein,

sich selbst nur zuerkannt, vom Einzigen das Eine.

Die Freiheit kommt im Widerhall
der Herzen, die um nichts mehr beten,
die das Verlorene vertreten
durch ihren eigenen Zerfall.

Die Freien kennen keine Pflicht.
Sie sind nicht bei den Teilnahmsvollen,
auch nicht gebunden an ihr Wollen,
frei von Verbrauch und von Verzicht.

Niemand vermißt es, niemand erwirbt es, bereit ist es allen.
Niemand verliert es und niemand sucht es. Im Fliehen der Zeit
ist es fluchtlos, im zähen Verharren die Unruhe aller Geschöpfe.

Die Freien kennen keine Pflicht.
Ihr Wirken ist ein Atemholen,
in dem Geschicke niederrollen
teilhaftig ihrem Angesicht.

Dämonen schützen ohne Bitte,
Behüten ist ihr Element.
Sie halten den, der sie erkennt,
in einer unfehlbaren Mitte.

Im schwindelnden Drängen liegt die Bereitschaft zum Allesverlieren.

Wahn ist Gelassenheit in der erregenden Hitze des Sturzes.

Leichter geht einer allein. Es wird aber Vielheit nur Einer.

Dämonen schützen ohne Bitte.
Sie überschatten, was hier trennt
und sich nach keinem Vorbild nennt,
jenseits Verständnis oder Sitte.

Die Wächter richten ohne Hehl
und gehen auf in ihrem Brennen.
Die Fremdlinge und Letzten nennen
sich nach dem heimlichen Befehl.

Das unteilbare Leben zeugt die Kraft der leeren Hälfte.
Es zieht den Rhythmus auf sich und hält weiterhin in Gang
die endlos sich noch drehende Spirale der Ergänzungen.

Die Wächter richten ohne Hehl.
Es werden Freunde, die sich trennen,
um im Verhängnis zu erkennen
die Gegenwart des Michael.

Die Armut riecht nach warmen Tieren
und spiegelt nur das gelbe Licht.
Sie hält ergeben ihr Gesicht
noch dar dem seligen Berühren.

Dem Zugriff entzogen ist überall seine geheime Behausung.

Gewaltig und grenzenlos herrscht über den Erdkreis das Innigste.

Von der ersten Verhüllung liegt Sanftmut und Kraft der Erkenntnis zusammen.

Die Armut riecht nach warmen Tieren
auch im mechanischen Verzicht,
und selbst in technisch höchster Schicht
kann sie die Erde nicht verlieren.

Das Heitere bleibt immer offen
und weist durch sich hindurch den Weg.
Es findet sich stets als Beleg
sein Monogramm in allen Stoffen.

Ohne die Schwere der einzelnen Herkunft in Gliederbereichen

reicht ein gelassenes Allsein zu jedem Erwachten herab.

Im ersten und bleibenden Griff wird es zur Erklärung der Weite.

Das Heitere bleibt immer offen.
Es führt hinaus aus jedem Zweck
und wird im Warten oder Schreck
von der Erstarrung nicht betroffen.

Heiter ist auch die große Trauer,
die um kein Zeitliches mehr bangt,
die nichts vom Leben mehr verlangt
und noch gelassen bleibt im Schauer.

Es bleibt für das Sichere nur noch der Sprung in die fertige Schale.
Schon abgeschlossen und ohne Zerteilung liegt Fernes im Wesen.
Erkannt ist es auch schon wirksam. Aus sich hat es Ursach zu sich.

Heiter ist auch die große Trauer,
wo selbst das Flüchtige nicht wankt.
Das hohe Ebenbild verdankt
dem Abgewandten seine Dauer.

Die Kreisenden erhält der Ort.
Sie werden nach der Mitte sinken
und aus der Wiederholung trinken
im Strom der Leiber immerfort.

Die Schwelle zum Weichenden läßt alle Mittel bedeutungsvoll werden,
doch die Größe der zeitlichen Tragik erhebt sich erst jenseits der Not.
Begrenzung ist Stärke, der Mut aller Liebenden siegt durch den Mangel.

Die Kreisenden erhält der Ort,
und keiner wird zur Abkehr winken
und sich am Ufer sicher dünken
in Unabhängigkeit vom Wort.

Die Werdenden allein sind Götter
belebt durch eigne Toleranz.
Sie tragen unterm Dornenkranz
in ihrem Blick den Lebensretter.

Über allem liegt noch Gestalt und das Dürsten des leisen Kommens.
Gegeben ist in der versinkenden Körperwelt immer das Fremde.
Die Ordnung im Urgrund rinnt durch die Form in das offene Wirken.

Die Werdenden allein sind Götter,
erleuchtet und verlassen ganz.
Sie tragen durch den Totentanz
ihre Propheten, ihre Spötter.

Liebe durch Willen ist Geschick.
Dem Unbekannten muß sie dienen,
sie geht durch Häuser und Maschinen
auf ihren Ausgangspunkt zurück.

In jede Wirklichkeit tritt es wie in sein erstes Eigentum

und steigt aus jedem Los als unerfüllte Kraft.

Wo keine Form mehr ist, wird es Bewegung kommender Verbindungen.

Liebe durch Willen ist Geschick.
Sie wird auf Tätige zerrinnen
und jede Kraft zurückgewinnen
in einer Geste, einem Blick.

Sich selbst zu essen ist Gebot.
Der Aufgezehrte wird den Seinen
in ungebrochner Kraft erscheinen
als Weg und liebender Despot.

Verborgen ist Erstes und nimmt die Gestalt an, von dem es nicht kommt.
In weitergegebenen offenen Folgen ist Fülle nur Eines,
erwacht vor dem eigenen Bild, verteilt in bereitete Räume.

Sich selbst zu essen ist Gebot,
sich mit dem Ganzen zu vereinen.
Der Reine nur ißt auch den Reinen,
der Göttliche nur ißt den Gott.

Die Wahrheit hat kein Ritual
und kommt nicht zu geweihten Haufen.
Unaufgefaßt von allen Taufen
steht sie in ihrer Eigenwahl.

Auch in der tiefen Bereitung erhält es sich noch als das Tiefste.
Ohne verrinnendes Maß überströmend ergibt es sich jedem
und legt auf das freudige Wort den Sinn seiner Machtlosigkeit.

Die Wahrheit hat kein Ritual,
vor dem die Starken sich verkaufen
und Flüchtige zusammenlaufen
im Glauben an ein letztes Mal.

Jenseits Erwartungen und Glück
verströmen sich die offnen Blüten.
In liebendem Vergehn behüten
sie sich für den verlornen Blick.

Erkenntnis des Nichtseins schließt alles Lebendige in sich ein.

Das reine Herz, der leere Sinn, das offene Gemüt faßt den Allseitigen.

Hinter dem Schweigen nur liegt die Macht der vollkommenen Lehre.

Jenseits Erwartungen und Glück
erheben sich die Opferriten.
Der Tote nur kann alles bieten,
er gibt Entliehenes zurück.

Das Endgericht ist Gegenwart
und wird zum Inhalt jeder Stunde,
und keine Wohltat, keine Wunde
wird zum Vergleich einst aufgespart.

Das Immerwirkende ist ohne Abschluß gültig.

Es weist der Einbezogene auf seine Gegenwart

und geht bis zum Unendlichen in sich hinein.

Das Endgericht ist Gegenwart.
Ein jeder tritt in eine Runde,
in der sogleich aus eignem Munde
das letzte Urteil seiner harrt.

Das Schicksal folgt dem Ausgereiften
und muß sich in die Richtung fügen.
Den Werken wird es unterliegen
zur Einlösung des Angehäuften.

Es halten im Näherbewegten sich alle Verteiler die Waage.
Vorbei an den sichtbaren Hilfen entwickelt sich heimlich der Weg.
Das Weiterbeschreiten im Dunkel zerrinnt in das Ansehn des Vaters.

Das Schicksal folgt dem Ausgereiften.
Im uferlosen Wirken wiegen
Gehorsam, endliches Genügen,
die Macht des zeitig Abgestreiften.

Die ihre Engel einbeziehen
erwidern kraftvoll ihren Lauf,
sie fallen und stehn wieder auf
und übersehen ihr Bemühen.

Die Heiterkeit verdrängt zuletzt das Angenehme

und setzt die Ökonomik in den Stand der Glieder.

Von keinem Staat erfüllt, zerfällt die zweite Macht.

Die ihre Engel einbeziehen
beschwören auch die Tat herauf
und werden jedem Seelenkauf
im neuen Schaffen frei entfliehen.

Reich in lächelndem Erliegen
senkt sich über dunklen Raum
nun der zauberhafte Traum
in ein seliges Genügen.

Noch unerkannt in seiner Süße erscheint das Absolute wieder
und steigt in jedem jungen Herzen auf durch das Verlangen,
sich einzubetten in die unumschränkte Macht der Utopie.

Reich in lächelndem Erliegen
rührt das Kommende sich kaum
und wird doch bis an den Saum
über jeden Leib verfügen.

Schönheit ist ein Erkenntnissprung,
ein unerwartetes Vergleichen,
ein plötzliches Hinüberreichen
in Räume der Verwirklichung.

Das Allbereite, Ganze zeigt sich in den Lücken.
Von allen Seiten steht Uneingenommenes heran
und bringt aus sich allein die Wirkung ohne Zwischenträger.

Schönheit ist ein Erkenntnissprung.
Das Angelockte wird nicht weichen,
es treibt aus dem erhobnen Zeichen
die Blüte der Ernüchterung.

Vom angerührten Aufgang klingen
sich Ausgesetzte leis hervor,
die sich entziehen noch dem Ohr
und die Beweger wiederbringen.

Niemandes Eigentum schließt es sich auch vor sich selber nicht zu
und geht durch sein Angesicht in die gesanglos verharrende Welt.
Alles ist aus ihm bereit, und dieses Bereitsein ist alles.

Vom angerührten Aufgang klingen
die tiefen Stimmen schon empor.
Das Ausgesprochne wird zum Chor
und bleibt ein immerwährend Singen.

Die Zeitlichen bedingt der Schein
in ausgewognen Schwingungszonen,
und kein Bedarf wird sie entlohnen
im Wechselspiel von Mein und Dein.

Es zerrinnt und geht nicht verloren wie Wasser im großen Strombett.
Die Hände könnens nicht halten und fühlen den Widerstand zum Gewinn.
Eine Hand gibt es der andern, und keine nimmt es zurück.

Die Zeitlichen bedingt der Schein.
Sie werden auf Ellipsen wohnen
im Schatten junger Pharaonen
und überhaucht vom Eigensein.

148

Dann wird der Tod nicht mehr verbannt
und wird nicht mehr das Letzte heißen.
In gleitender Kontur umreißen
die Schweigenden, was sie erkannt.

Es drängen die Ersten und Letzten im Dunkel zu ihrer Berührung

und ziehen die Tiefe in ihre Erkenntnis und Nacktheit hinein.

Die Gäste versammeln sich dort, wo einer die Hochzeit verkündet.

Dann wird der Tod nicht mehr verbannt.
Als Ruhepunkt in allen Kreisen,
als Brücke der Erscheinungsweisen
wird nach der Mitte er benannt.

Es schmückt sich immer neu die Braut
zur Hochzeit mit dem Ringumfasser,
wo sie im Wechsel der Verprasser
zum Liebestempel wird erbaut.

Von sich her zieht es fließender Erwartung weiche Art,

in den Wandel eingeschlossne Glut der Elemente,

weiter, näher, sich zu eigen dem Geliebten.

Es schmückt sich immer neu die Braut
mit den Verfolgungen der Hasser.
Aus Windesbrausen und aus Wasser
steigt sie herauf zu reinem Laut.

Zur Statt des Göttlichen geweiht
ist im Verwandeln nur die eine,
die immaterielle, reine,
erlebte Oberflächlichkeit.

Nur was dazwischen ist, kann beidem angehören,
und jede Brücke ist Verlängerung des Landes,
das über Nicht-Land zu sich selbst hinüberfindet.

Zur Statt des Göttlichen geweiht
ist die Berührung, ist das Feine,
das schicksallose Allgemeine,
das ledig ist und allbereit.

Es bleibt der innerste Berater.
Getrennt vom anvertrauten Ich
zieht er mit einem leisen Strich
die Stufen durch den Seelenkrater.

Das Gleiche mit allem vernimmt aus dem Einzigen sich und die Welt.
Auch durch die Schatten des Größeren schwingt bis ans Ende die Kraft,
Weg seiner Weise und Grund, immer vollendeter Anfang.

Es bleibt der innerste Berater.
Unwandelbar, versenkt in sich,
gerecht, wahrhaftig, königlich
erwidert er allein dem Vater.

Sich selbst umgibt allein der Größte,
der Gültige in jeder Zahl,
der Wandelnde in jedem Mahl,
der gegen jedermann Entblößte.

Unaufgespalten richtet es sich nach dem Anfang.
Es ist die Wirkung seines Daseins in ihm selbst.
Die Ganzheit hat kein Außersich der Richtungen.

Sich selbst umgibt allein der Größte,
der Schmerzende in jeder Qual,
der Liebende in freier Wahl,
der Letzte, völlig Losgelöste.

Nun kommt das ungeborne Kind
auf seine angestammten Weiden
und wird die großen Herden scheiden
nach der Erfüllung durch den Wind.

Weite aller Gegenwart! Uferloses reines Wollen!
Erstgeliebter Leib aus beider Arten!
Es kennen nur die Liebenden des Menschen Los.

Nun kommt das ungeborne Kind
aus aller Wesen Glück und Leiden,
getragen von den echten Heiden,
die ohne Rückkehr wissend sind.

Der Namenlos und Alles heißt
rinnt durch die Welt zu allen Zeiten.
Das Urbild der Gegebenheiten
zurück auf sein Gewand verweist.

Ring alles Wesens! Tötliche Lebenskraft!
Strömende Stille! Allseitiges Ziel!
Im Anruf steht Dein Sinn des einzig Seienden!

Der Namenlos und Alles heißt
ist nur sich selbst. Er ist sein Deuten.
Als letzte aller Wirklichkeiten
steht groß und allbewußt der Geist.